CATALOGUE

DE

LIVRES DE LITTÉRATURE

ANCIENNE

COMPOSANT LA

BIBLIOTHÈQUE DE FEU M. LEMAIRE

OFFICIER DE L'INSTRUCTION PUBLIQUE, ANCIEN PROVISEUR.

La vente aura lieu le mercredi 21 octobre 1874 et jours suivants
à 7 heures et demie du soir

Rue des Bons-Enfants, 28 (maison Silvestre)

Salle n° 1

Par le ministère de Mᵉ DELBERGUE-CORMONT, commissaire-priseur
Rue de Provence, 8

PARIS

ADOLPHE LABITTE

LIBRAIRE DE LA BIBLIOTHÈQUE NATIONALE

4, rue de Lille, 4

—

1874

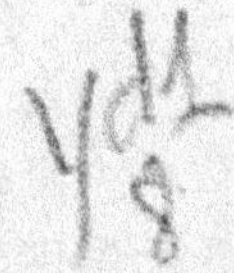

CATALOGUE

DES

LIVRES DE LITTÉRATURE

ANCIENNE

COMPOSANT LA

BIBLIOTHÈQUE DE FEU M. LEMAIRE,

Officier de l'instruction publique, ancien Proviseur.

THÉOLOGIE.

1. Vetus Testamentum, gr. et lat., ed. Jager. *Parisiis, Didot*, 1839, 2 vol. gr. in-8, demi-rel. non rog.

2. Vie de Jésus, ou Examen critique de son histoire, par le docteur David-Frédéric Strauss, traduit de l'allemand par E. Littré. *Paris, Ladrange*, 1853, 2 parties en 4 vol. in-8, br.

3. Suicerus. Thesaurus ecclesiasticus e Patribus græcis. *Amst.*, 1728, 2 vol. in-fol., v.

4. Tertullien et saint Augustin. OEuvres choisies, avec la traduction en français, publiées sous la direction de M. Nisard. *Paris, J.-J. Dubochet, Lechevalier et Cie*, 1846, gr. in-8, br. non rog.

5. OEuvres de Bossuet, évêque de Meaux, revues sur les manuscrits originaux et les éditions les plus correctes. *A Versailles*, 1815-19. Portrait gr. par Desenne, 43 vol. in-8, v. rac. fil. tr. marbr.

6. OEuvres de Fénelon, précédées d'une notice sur sa vie et sur ses écrits. *Paris, Dufour et Cie*, 1826, 12 vol. in-8, br. non rog., portrait.

7. OEuvres complètes de Fléchier, avec une notice ou discours préliminaire sur la vie et les ouvrages de ce célèbre orateur, par A.-V. Fabre de Narbonne. *Paris, Boiste, Berquet et Dufour*, 1828, 10 vol. in-8, portrait, demi-rel. v. vert tr. marbr.

8. OEuvres complètes de Bourdaloue. *Paris, Méquignon-Havard*, 1826, 16 vol. in-8, portrait gr. par Deveria, v. rac. tr. marbr.

9. OEuvres de l'abbé Fleury, pour faire suite aux OEuvres de Fénelon, précédées d'un essai sur la vie et les ouvrages de l'abbé Fénelon, par M. Aimé-Martin. *Paris, Aug. Desrez*, 1837, gr. in-8, br. non rog.

10. Dictionnaire de Théologie, par l'abbé Bergier. *A Toulouse*, 1817, 8 vol. in-8, v. rac.

11. OEuvres diverses de l'abbé Bergier. *Paris*, 1828, 10 vol. in-8, br.

Traité de la vraie religion, 8 vol. — Le Déisme réfuté. — La Certitude des preuves du christianisme.

12. Essai sur l'Indifférence en matière de religion, par M. l'abbé J. de Lamennais. *Paris*, 1825, 4 vol. in-8, br.

13. Du Pape, par l'auteur des Considérations sur la France (le comte Jos. de Maistre). *Lyon*, 1819, 2 tomes en 1 vol. in-8, cart. non rog.

14. Essai historique sur la Puissance temporelle des Papes et sur l'abus qu'ils ont fait de leur ministère spirituel (par M. Daunou). *Paris*, 1818, 2 v. gr. in-8, cart. non rog.

———

SCIENCES ET ARTS.

15. Platonis Dialogi, gr. et lat., ex recensione Bekkeri. *Berolini,* 1816, 10 vol. in-8, demi-rel.

16. Platonis Opera, gr. et lat., ed. Ast., cum indice. *Lipsiæ,* 1819, 14 vol. in-8, br.

17. Les Caractères de Théophraste d'après un manuscrit du Vatican, traduction nouvelle avec le texte grec, par Coray. *Paris, l'an VII* (1799), in-8, demi-rel. v. ant. tr. marbr.

18. Epicteteæ philosophiæ Monumenta, gr. et lat., ed. Schweighæuser. *Lipsiæ,* 1799, 5 vol. in-8, v. m.

19. Flavii Philostrati Vitæ sophistarum, gr., commentarium et indices concinnavit Kayser. *Heidelbergæ,* 1838, in-8, demi-rel.

20. A. Senecæ philosophi Opera. *Amstel., Elzevir.,* 1659, 4 t. en 2 vol. in-12, vélin.

21. OEuvres complètes de Sénèque le Philosophe, trad. en français. *Paris, Panckoucke,* 1834, 10 vol. in-8, demi-rel.

22. Cours de philosophie, par V. Cousin. *Paris, Didier,* 1828-36, 4 vol. in-8, br.

23. Moralistes français, Pensées de Blaise Pascal; Réflexions et Maximes de la Rochefoucauld suivies d'une réfutation par M. L.-Aimé Martin; Caractères de la Bruyère; OEuvres complètes de Vauvenargues; Considérations sur les mœurs de ce siècle, par Duclos. *Paris, Firm. Didot. fr.,* 1841, gr. in-8, br. texte à deux col. portr.

24. Essais de Michel de Montaigne avec tous les commentateurs. *Paris, Firm. Didot fr.,* 1836, gr. in-8, br. texte à deux col. portr.

25. OEuvres complètes de Vauvenargues, précédées
d'une notice sur sa vie et ses ouvrages et accompagnées des notes de Voltaire, Morellet et Suard.
— OEuvres posthumes de Vauvenargues, précédées de son éloge par M. Ch. de Saint-Maurice.
Paris, L. Brière, 1821, et 3 tomes en 1 vol. in-8,
demi-rel. veau rose, tr. marbr.

26. OEuvres de Locke et Leibnitz, contenant l'Essai
sur l'entendement humain, revu, corrigé et accompagné de notes par M. F. Thurot. *Paris,
Firm. Didot fr.*, 1839, pet. in-4, br. texte à deux
col.

27. Du Polythéisme romain considéré dans ses
rapports avec la philosophie grecque et la religion chrétienne, ouvrage posthume de Benjamin
Constant, précédé d'une introduction de M. J.
Matter. *Paris, chez Béchet aîné*, 1833, 2 vol.
in-8, cart. tr. jasp.

---

28. Traité d'Hippocrate, des airs, des eaux et des
lieux, traduction nouvelle avec le texte grec, par
Coray. *Paris, l'an IX* (1800), 2 vol. in-8, cart.
demi-rel. bas.

29. Précis élémentaire de géologie, par J.-J. d'O-
malius d'Halloy. *Paris, Arthus Bertrand*, 1843,
in-8, br. non rog.

30. Aristotelis de Animalibus historiæ libri X, gr.
et lat., ed. Schneider. *Lipsiæ*, 1811, 4 vol. in-8,
v. tr. dor.

31. Æliani de Natura animalium, gr., annotationes
scripsit Frid. Jacobs. *Ienæ*, 1832, 2 vol. in-8, br.

32. Phile. De animalium proprietate, gr. et lat.
Traj. ad Rh., 1730, in-4, c. de R.

33. Papillons exotiques des trois parties du monde,
l'Asie, l'Afrique et l'Amérique, rassemblés et dé-
crits par M. Pierre Cramer, dessinés, gravés et

enluminés sous sa direction. *A Amsteldam,* 1772-91, 5 vol. in-4, demi-rel. maroq. rouge.

34. Types de chaque famille et des principaux genres des plantes qui croissent spontanément en France, par Plée. *Paris, Baillière,* 1848, 38 livraisons gr. in-4, *les figures coloriées.*

BELLES-LETTRES.

35. Etymologicum magnum, gr., ed. Sylburgius. *Lipsiæ,* 1816, 3 vol. in-4, mar. bl. fil. tr. dor.

36. J. Pollucis Onomasticon, gr. et lat., edidit Hemsterhuis. *Amstel.,* 1706, 2 vol. in-fol. vélin.

37. Zonaræ et Photii Lexicon. *Lipsiæ,* 1808, 3 vol. in-4, demi-rel. n. rog. et les notes de Schleusner.

38. Hesychii Lexicon, gr. et lat., ed. Alberti. *Lugd. Bat.,* 1746, 2 vol. in-fol. v., portrait.

39. Suidæ Lexicon, gr. et lat., edidit Kusterus. *Cantabrigiæ,* 1705, 3 vol. in-fol. vélin. (*Mouillures.*)

40. Harpocrationis Lexicon gr. *Lipsiæ,* 1824, 2 vol. in-8, rel.

41. Henricus Stephanus. Thesaurus græcæ linguæ. *Parisiis, Didot,* 1860-70, 67 livraisons in-fol. brochées.

42. Dictionarium analogicum linguæ græcæ. *Cantabrigiæ,* 1810, gr. in-4, demi-rel. marbr. non rog.

43. Lexicon græco-prosodiacum, auctore Morell. *Cantabrigiæ,* 1815, gr. in-4, c. de Russie.

44. Scapulæ Lexicon græco-latinum. *Glasguæ*, 1816, 2 vol. in-4, c. de R.

45. Novum Lexicon græcum etymologicum, auctore Damm, editio nova, cura Duncan. *London*, 1842, in-4, cart. n. r.

46. Kouma. Lexicon græcum. *Viennæ*, 1826, 2 vol. in-4, br.

47. Nouveau Dictionnaire grec-français, par A. Chassang. *Paris*, *Garnier fr.*, 1872, gr. in-8, demi-rel. maroq. br. la Vall. tr. jasp.

48. Phrynichi Eclogæ nominum et verborum atticorum, cum notis, edidit Lobeck. *Lipsiæ*, 1820, in-8, v. f.

49. Græcæ linguæ Dialecti, opera Mich. Maittaire, ed. Sturzius. *Lipsiæ*, 1807, in-8, vélin.

50. Stephani Thesaurus linguæ latinæ. *Basileæ*, 1740, 4 vol. in-fol. vélin.

51. Forcellini. Totius latinitatis Lexicon. *Schneebergæ*, 1831, 4 vol. in-fol. demi-rel. mar.

52. Fabri Thesaurus eruditionis scholasticæ. *Francof.*, 1749, 2 vol. in-fol. v.

53. Dictionnaire français-latin. *Paris*, *Robert Estienne*, 1549, in-fol., d.-rel.

54. Dictionnaire latin-français, suivi d'un appendice sur la métrologie, les monnaies et le calendrier des Romains, par Ch. Lebaigue. *Paris*, *Eug. Belin*, 1869, gr. in-8, demi-rel. maroq. br. la Vall. tr. jasp.

55. Nouvelle Méthode pour apprendre facilement la langue latine (dite de Port-Royal). *Paris*, 1819, in-8, v. rac.

56. Glossaire de la langue romane, par Roquefort. *Paris*, *Warée*, 1808, 2 vol. in-8, demi-rel.

57. Lexique roman, ou Dictionnaire de la langue des troubadours comparée avec les autres langues

de l'Europe latine, par M. Raynouard. *Paris,
Silvestre*, 1844, 6 vol. in-8, br.

58. Dictionnaire étymologique de la langue française, par Ménage. *Paris, Briasson*, 1750, 2 vol.
in-fol., bas.

59. Dictionnaire français de la langue oratoire et
poétique, suivi d'un vocabulaire de tous les mots
qui appartiennent au langage vulgaire , par
J. Planche. *Paris, Gide fils*, 1819-22, 3 forts vol.
in-8, texte à deux col. demi-rel. maroq. rouge
tr. jaspe.

60. Dictionnaire de la langue française, par E. Littré. *Paris, L. Hachette*, 1863-73, 30 livraisons
in-4, br. n. rog.

61. Dictionnaire des synonymes de la langue française, par M. Lafaye. *Paris*, 1858, gr. in-8, br.
non rog.

62. Dictionnaire historique de la langue française,
publié par l'Académie française. *Paris , Didot*,
1858, 2 vol. in-4, br. (*tome I*er).

63. Grammaire des grammaires, ou Analyse raison-
née des meilleurs traités sur la langue française,
par Girault-Duvivier. *Paris, A. Cotelle*, 1856,
2 vol. in-8, br.

64. Remarques sur la langue française, par M. Vaugelas. *Amsterdam*, 1665, pet. in-12, vel. front. gr.

65. Remarques de M. de Vaugelas sur la langue
française, avec des notes de MM. Patru et Th. Corneille. *A Paris, chez Huart, près St-Severin, à la
Justice*, 1738, 3 vol. pet. in-8, cart. n. rog.
Quelques feuilles tachées.

66. Wey. Remarques sur la langue française. *Paris,
Didot*, 1845, 2 vol. in-8, rel. — Histoire des révolutions du langage en France. *Paris, Didot*,
1845, in-8, demi-rel.

L   *

67. Longini de Sublimitate liber, gr., ex ed. Pearce. *Glasguæ*, 1763, in-4, maroq. r. fil.

68. Longini quæ supersunt, gr., ed. Egger. *Parisiis*, 1837, in-18, br.

69. Ciceronis Opera rhetorica, recensuit Schutz. *Lipsiæ*, 1804, 3 vol. pet. in-4, pap. vél. demi-rel.

70. Quintiliani Institutionum oratoriarum libri. *Parisiis*, 1774, 2 vol. in-12, v. f. tr. dor.

71. Vies des anciens orateurs grecs, avec des réflexions sur leur éloquence (par Feudrix de Brequigny). *Paris, chez Grangé, Galerie des prisonniers, au Palais, s. d.*, 2 vol. in-12, titres gr. v. f. ant. (*Armoiries*).

Cet ouvrage comprend la vie d'Isocrate et celle de Dion Chrysostome, avec la traduction et l'analyse de quelques-uns de leurs disoours.

72. Oratorum græcorum quæ supersunt, gr. et lat., ed. Reiske. *Lipsiæ*, 1770, 12 vol. in-8, reliés.

Prix du concours général.

73. Chefs-d'œuvre de Démosthène et d'Eschine, nouvelle traduction française par l'abbé Jager. *Paris, A. Poibleux*, 1834-40, 3 vol. in-8, br. n. rog.

74. OEuvres complètes de Démosthène et d'Eschine, traduction par J.-F. Stiévenart. *Paris, Didot fr.*, 1842, gr. in-8, cart.

75. OEuvres complètes d'Isocrate, traduction nouvelle avec texte en regard par le duc de Clermont-Tonnerre. *Paris, Firm. Didot fr.*, 1862-64, 3 vol. in-8, br. gr. papier.

76. Dionis Chrysostomi Orationes ex recensione J. Reiske. *Lipsiæ*, 1784, 2 vol. in-8, demi-rel.

77. Ciceronis Orationes, ad usum Delphini. *Parisiis*, 1684, 3 vol. in-4, v. f.

78. Analecta veterum poetarum græcorum, editore Brunck. *Argentorati*, 1772, 3 vol. in-8, demi-rel. n. rog.

79. Orphica , recensuit Hermannus, gr. *Lipsiæ*, 1805, in-8, v. fil.

80. Homeri Ilias et Odyssea, gr. et lat., cum scholiis, ed. Barnès. *Cantabrigiæ*, 1711, 2 vol. in-4, v. f.

81. Homeri Opera omnia, gr. et lat., cura Ernesti. *Lipsiæ*, 1824, 5 vol. in-8, demi-rel.

82. Homeri Ilias, gr., ed. Weichert. *Misenæ*, 1819, 2 vol. — Homeri Odyssea, ed. Baumgarten Crusius. *Lipsiæ*, 1822, 3 vol. in-8, rel.

83. Homère, trad. en français par Dugas-Montbel. *Paris, Didot*, 1834, 5 vol. in-8, br.

84. Homeri Ilias, gr. *Venetiis*, 1760, in-4, figures, v.

85. Homeri Ilias, gr., cum scholiis, edidit de Villoison. *Venetiis*, 1788, in-fol. demi-rel.

86. Homeri Carmina, curante Heyne. *Lipsiæ*, 1802-1822, 9 vol. in-8, brochés.

87. Scholia in Homeri Iliadem, ex recensione Bekkeri. *Berolini*, 1825, 2 t. en 1 vol. in-4, demi-rel.

88. Anacreontis et Sapphonis reliquiæ. *Amsteld.*, 1807, in-4, demi-rel. mar. *grand papier.*

89. Les Petits Poëmes grecs, traduits et publiés sous la direction de M. Aimé-Martin. *Paris, société du Panthéon littéraire*, 1840, petit in-8, br.

90. Pindari Carmina, gr. et lat., ed. Heyne. *Londini*, 1824, 3 vol. in-8, br.

91. Pindari Carmina, gr., ed. Dissen. *Gothæ*, 1830, 2 vol. in-8, demi-rel.

92. Fabulæ Æsopicæ, gr. et lat., cura de Furia. *Florentiæ*, 1809, 2 vol. in-8, demi-rel. v. f.

93. Theocriti quæ supersunt, gr., ed. Warton. *Oxonii*, 1770, 2 vol. in-4, v. f.

94. Theocriti, Bionis et Moschi Carmina, gr. cum notis. *Berolini*, 1810, 2 vol. in-18, demi-rel.

95. Idylles de Théocrite, traduites en français par J.-B. Gail, ornées de figures gravées d'après les dessins de Barbier et Boichot. *Paris, l'an IV*, 2 vol. in-4, cart. n. rog.

96. OEuvres de Théocrite, traduites en français avec le texte grec en regard par M. Léon Rénier. *Paris, L. Hachette*, 1847, in-12, papier vélin demi-rel. v. ant.

Envoi autographe signé du traducteur.

97. Callimachi Hymni, gr. et lat., ed. Ernesti. *Lugd. Bat.*, 1761, 2 vol. in-8, demi-rel.

98. Manuelis Philæ Carmina, ed. Miller. *Parisiis*, 1857, 2 vol. gr. in-8, brochés.

99. Virgilii Maronis Opera, ed. Burmannus. *Amst., Wetstein*, 1746, 4 vol. in-4, cart. n. rog.

100. Le Génie de Virgile, ouvrage posthume de Malfilâtre publié d'après les manuscrits autographes, avec des notes et des additions, par P.-A.-M. Miger. *Paris, chez Maradan*, 1810, 4 vol. in-8, v. rac.

101. P. Virgilius Maro perpetua adnotatione illustratus a Heyne, edit. curavit Wagner. *Lipsiæ*, 1830, 5 vol. in-8, br.

102. Virgilii Carmina. *Parisiis, Didot*, 1858, in-18, br. fil. r. et grav.

103. Études sur Virgile comparé avec tous les poëtes épiques et dramatiques, anciens et modernes, par P.-F. Tissot, *Paris, J. Delalain*, 1841, 2 vol. in-8, br.

104. Horatii Opera, recensuit Doering. *Lipsiæ*, 1829, 2 vol. in-8, demi-rel.

105. Horatius, edidit Orelli. *Turici,* 1852, 2 vol. in-8, br.

106. Horatii Opera, cum novo commentario ad modum Joannis Bond. *Parisiis,* 1855, in-18, fil. noirs et gravures, broché.

107. Horatii Carmina, recensuit Peerlkamp. *Amstel.,* 1862, in-8, br.

108. Dionysii Lambini in Q. Horatium Flaccum Commentarii. 1829, 2 vol. in-8, demi-rel.

109. Les Poésies d'Horace, disposées suivant l'ordre chronologique et traduites en françois avec des remarques et des dissertations critiques, par le R. P. Sanadon, de la Compagnie de Jésus. *Paris, chez Guill. Cavelier,* 1728, 2 vol. in-4, front. gr. v. marbr. (*Armoiries.*)

110. Les Odes d'Horace, traduites en vers avec le texte latin en regard, par Ch. Vanderbourg. *Paris, F. Schœll,* 1812–13, 2 vol. in-8, v. f. dent. à froid tr. dor.

111. Phædri Fabulæ, cum notis Laurentii. *Amstel.,* 1667, in-8, v. fil. gr. et fig.

112. Phædri Fabulæ. *Aureliæ, Couret de Villeneuve,* 1773, in-18, texte encadré maroq. r. fil. tr. dor.

113. Ovidii Nasonis Opera quæ supersunt. *Parisiis, Barbou,* 1762, 3 vol. in-12, v. m. fil. tr. dor.

114. Les Métamorphoses d'Ovide, traduites en français avec des remarques et des explications historiques, par l'abbé Banier; nouvelle édition, augmentée de la Vie d'Ovide et du Jugement de Pâris, enrichie de figures en taille-douce. *Paris,* 1738, 2 vol. in-4, bas.

Exemplaire fatigué et mouillé. Le titre du tome II est déchiré.

115. Traduction des Fastes d'Ovide, avec des notes et des recherches de critique, d'histoire et de philosophie, tant sur les différents objets du système allégorique de la religion romaine que

sur les détails de son culte et les monuments qui y ont rapport, par M. Bayeux, avocat au parlement de Normandie. *A Rouen*, 1783-88 , 4 vol. in-8, fig. de Cochin et de Le Barbier, v. r. fil. tr. dor.

116. OEuvres complètes d'Ovide, traduction nouvelle. *Paris, C. Panckoucke*, 1834-36, 10 vol. in-8, demi-rel. bas.

117. Élégies de Properce, traduites dans toute leur intégrité avec des notes interprétatives du texte et de la mythologie de l'auteur, par M. Delongchamps. *A Paris, Duprat*, 1802, 2 vol. in-8, fig. de Marillier, veau porph. fers à froid, fil. tr. mar.

118. Martialis Epigrammata ad usum Delphini. *Amst.*, 1701, in-8, v. f.

119. Martialis Epigrammaton libri, edidit Schneidewin. *Grimæ*, 1842, 2 vol. in-8, demi-rel.
Exemplaire de Boissonade.

120. Épigrammes de M. Val. Martial , latines et françaises ; nouvelle traduction. *A Paphos , de l'impr. du Dieu des Amours*, 3 vol. in-8, pap. vél. demi-rel. chagr. rouge, n. rog.

121. Lucretius, edit. Creech. *Londini* , 1717, in-8, vélin.

122. Stace , Martial , Manilius , Lucilius Junior , Rutilius, Gratius Faliscus, Nemesianus et Calpurnius. OEuvres complètes, avec la traduction française, publiées sous la direction de M. Nisard. *Paris, J.-J. Dubochet*, 1842, gr. in-8, demi-rel. v. bl. foncé, tr. jasp.

123. Erotopægnion, sive Priapeia veterum et recentiorum (edit. Noël). *Lutetiæ Par.* , 1798, in-8, 2 fig. demi-rel. mar.

---

124. Tableau historique et critique de la poésie française et du théâtre français au xvie siècle, par C.-A. Sainte-Beuve. *Paris, Raymond Bocquet*, 1838, 2 vol. in-8, demi-rel. bas.

125. OEuvres complètes de François Villon ; nouvelle édition, avec des notes historiques et littéraires, par P. L. Jacob, bibliophile. *Paris, P. Jannet*, 1854, in-12, br. n. rog.

126. OEuvres complètes de Clément Marot. *Paris, Rapilly,* 1824, 3 vol. in-8, portr. demi-rel. v. bl. n. rog.

127. Satires et autres œuvres de Regnier, accompagnées de remarques historiques. *A Londres, chez Jacob Tonson*, 1733, in-4, front. texte encad. dent. rouge, v. f. ant.

128. Les OEuvres de messire François de Malherbe, gentilhomme ordinaire du roy. *A Paris, chez Mathurin Hénault,* 1641, pet. in-8, cart.

129. OEuvres complètes de Boileau-Despréaux, édition revue et accompagnée de nouvelles notes, par M. Daunou. *Paris, P. Dupont,* 1825, 4 vol. in-8, br.

130. OEuvres complètes de la Fontaine, avec les notes de tous les commentateurs et des notices historiques en tête de chaque ouvrage. *Paris, Paul Dupont,* 1826, 6 vol. gr. in-8, br. portr.

131. Contes et nouvelles en vers, par la Fontaine. 1777, in-8, cart. fig.
Tome Ier.

132. OEuvres de Ponce-Denis (Écouchard) le Brun, mises en ordre et publiées par P.-L. Ginguené, membre de l'Institut. *Paris, impr. de Crapelet,* 1811, 4 vol. in-8, portr. veau f. dent. à froid tr. marbr.

133. Delille. Oeuvres. L'Imagination, 2 vol. — Les Trois Règnes de la nature, 2 vol. — La Pitié. — La Conversation. *Paris, L. Michaud,* 1812. Ensemble 7 vol. in-8, v. porph. tr. dor. et tr. marbr.

134. L'Imagination, poëme, par Jacques Delille ; nouvelle édition, augmentée de plus de cinq cents

vers, avec des notes (par **MM. d'Andrezel, Auger,** de Féletz, de Choiseul et de Sabran). *A Paris, de l'impr. de P. Didot*, 1816, 2 vol. gr. in-8, pap. vél. fig. gr. cart. n. rog.

135. OEuvres de Millevoye, précédées d'une notice biographique et littéraire par de Pongerville. *Paris, Furne*, 1833, 2 vol. in-8, demi-rel. chagr. rouge, tr. marbr.

136. OEuvres complètes de Casimir Delavigne, avec une notice par M. Germain Delavigne. *Paris, Didier*, 1846, 6 vol. gr. in-8. portr. demi-rel. dos et coins de v. bl. fil. tête dor. non rog.

137. OEuvres complètes de M. A. de Lamartine. *Paris, Ch. Gosselin, Furne et Pagnerre*, 1850, 6 vol. in-8, portr. et fig. sur acier, demi-rel. chagr. vert, tr. jasp.

138. Recueil des Noëls anciens en patois de Besançon, par Ch. Belamy, in-12, br. n. rog.

139. The Works of Alexander Pope. *London, Valpy*, 1835, 4 vol. in-12, cart.

140. Les Saisons de Thomson, traduites par J.-P.-F. Deleuze. *Paris, Levrault, Schœll, an XIV* (1806), pet. in-12, vél. blanc. dent. tr. dor.

———————

141. Cours de littérature dramatique, ou recueil par ordre de matières des feuilletons de Geoffroy, précédé d'une notice historique sur sa vie et ses ouvrages. *Paris, P. Blanchard*, 1825, 6 vol. in-8, v. rac. tr. marbr.

142. Études sur les tragiques grecs, ou Examen critique d'Eschyle, de Sophocle et d'Euripide, précédé d'une histoire générale de la tragédie grecque, par M. Patin. *Paris, L. Hachette*, 1841-43, 3 vol. in-8, br.

143. Théâtre des Grecs, trad. par le P. Brumoy. *Paris, Cussac*, 1785. 13 vol. in-8, v. rac. fil. tr. dor. *figures.*

144. Æschyli Tragœdiæ, quæ supersunt, gr., recensuit Schutz. *Halæ*, 1809, 5 tomes en 4 vol.
in-8, demi-rel.

145. Stanlei Apparatus criticus in Æschylum.
Halis, 1832. — Lambert Bos. Ellipses græcæ.
Lipsiæ, 1808. — Tafel. Elucidationes Pindaricæ,
1824. — 3 vol. in-8, demi-rel. vél.

146. Sophoclis Tragœdiæ septem, gr. et lat., edidit
Capperonnier. *Parisiis*, 1781, 2 vol. in-4, v.

147. Sophoclis Tragœdiæ septem, gr. et lat., cum
notis Brunck. *Argentorati*, 1786, 4 vol. in-8,
veau fauve.

148. Sophoclis Tragœdiæ, gr., ed. Erfurdt. *Lipsiæ*,
1802, 7 vol. in-8, demi-rel. v. ant.

149. Sophoclis Dramata quæ supersunt, gr., ed.
Bothe. *Lipsiæ*, 1806, 2 vol. in-8, demi-reliure,
non rog.

150. Lexicon Sophocleum, composuit Ellendt. *Reg.
Pruss.*, 1834, 2 tomes en 1 vol. in-8, vél.

151. Euripidis Tragœdiæ et fragmenta, recensuit Mat-
thiæ. *Lipsiæ*, 1813, 10 vol. in-8, demi-rel. v. f.
(*Ottmann*.)

152. Euripidis Tragœdia Hippolytus, gr. et lat., ed.
Valckenaer. *Lugd. Bat.*, 1768, in-4, p. de truie.

153. Aristophanis Comœdiæ, gr. et lat., ed. Brunck.
Londini, 1823, 3 vol. in-8 br.

154. Plauti Comœdiæ. *Parisiis*, *Barbou*, 1759, 3 vol.
in-12, v. tr. dor.

155. Terentii Comœdiæ. *Birmingamiæ*, *Baskerville*,
1772, in-4, demi-rel. — Lucretius. *Baskerville*,
1772, in-4, v. tr. dor.

156. Répertoire dramatique. *Paris*, 1824, 24 vol.
in-8, br.
Manque le tome X.

157. OEuvres complètes de P. Corneille, suivies des OEuvres choisies de Th. Corneille, avec les notes de tous les commentateurs. *Paris, Firm. Didot fr.*, 1827, 2 vol. gr. in-8, br. texte à deux col. portr.

158. OEuvres de Jean Racine avec des commentaires par J.-L. Geoffroy. *Paris, Le Normant*, 1808, 7 vol. in-8, portraits et fig. bas.

158 *bis*. OEuvres complètes de Racine avec les notes de tous les commentateurs, publiées par L. Aimé-Martin. *Paris, Lefèvre et Furne*, 1844, 6 vol. in-8, br. portr. et fig. sur acier.

159. OEuvres de Molière avec des remarques grammaticales, des avertissements et des observations sur chaque pièce, par M. Bret. *Paris, an XIII* (1804), 6 vol. in-8, figures de Moreau, veau ant. fil. tr. marbr.

160. OEuvres complètes de Molière avec des notes extraites des meilleurs commentateurs, par J. Simonnin. *Paris, Mame et Delaunay*, 1825, in-8, br. texte microsc. à deux col. portr.

161. Lexique comparé de la langue de Molière et des écrivains du xviie siècle, suivi d'une lettre à M. A.-F. Didot sur quelques points de philologie française, par J. Génin. *Paris, Firm. Didot fr.*, 1846, in-8, br.

162. OEuvres complètes de Regnard, nouvelle édition avec une notice, des variantes et des notes par le comte Germain Garnier et M. Beffara. *Paris, Brière et Baudouin*, 1826, 6 vol. in-8, br. portr.

163. OEuvres de Crébillon. *Paris, impr. de P. Didot l'aîné*, 1812, 3 vol. in-8, front. et fig. gr. par Peyron, v. vert, dent. à froid, tr. dor.

164. OEuvres de Crébillon avec les notes de tous es commentateurs, édition publiée par M. Par—

relle. *Paris, Lefèvre*, 1828, 2 vol. in-8, br. non rog. portr.

165. OEuvres de J.-F. Ducis. *Paris, Nepveu*, 1813, 3 vol. in-8, portrait gr. par Gérard et fig. de Desenne, v. f. fil. tr. marbr.

166. Théâtre de M.-J. de Chénier, précédé d'une notice et orné du portrait de l'auteur. *Paris, Foulon et Baudoin fr.*, 1818, 3 vol. in-8, v. f. tr. marbr. (*Simier fils.*)

167. OEuvres complètes de Shakespeare, traduites de l'anglais par M. Francisque Michel. *Paris, Firmin Didot*, 1842, 3 vol. gr. in-8, texte à deux col. demi-rel. v. vert, tr. jasp.

168. OEuvres complètes de Schiller, en allemand. *Stuttgart*, 1835-36, 12 vol. in-8, demi-rel. v. vert, portr.

169. OEuvres de Schiller, traduction nouvelle par Regnier. *Paris, Hachette*, 1859. 3 vol. in-8, br.
Théâtre.

---

170. Longus. Daphnis et Chloé, gr., cum proloquio de libris eroticis antiquorum. *Parmæ*, 1786, in-4, v. fil. tr. dor.

171. Charitonis de Chærea et Callirrhoe libri, gr. et lat., ed. d'Orville. *Amstel.*, 1750, 2 vol. in-4, v. porph. fil.

172. Petronii Satyricon quæ supersunt, curante Burmanno. *Amstel.*, 1743, 2 vol. in-4, demi-rel. fr. gr. n. rog.

173. Poëme de Pétrone sur la guerre civile entre César et Pompée, avec deux épîtres d'Ovide, le tout traduit en vers français avec des remarques et des conjectures sur le poëme intitulé : Pervigilium Veneris (par le président Bouhier). *Amsterdam*, 1737, in-4, demi-rel. dos et coins de maroq. rouge, fil. tr. dor.

174. Erasmi Stultitiæ laus. *Basileæ*, 1780, in-8, br. fig.

175. Éloge de la Folie, nouvellement traduit du latin d'Erasme, par M. de la Veaux, avec les figures de Jean Holbein. *Basle*, 1780, in-8, v. marb. ant.

176. OEuvres de maître François Rabelais, publiées sous le titre de Faits et dits du géant Gargantua et de son fils Pantagruel; nouvelle édition, où l'on a ajouté des remarques historiques et critiques sur tout l'ouvrage, le vrai portrait de Rabelais, la carte du Chinonnois, le dessin de la cave peinte, et les différentes vues de la métairie de l'auteur. *A Amsterdam, chez Henri Bordesius*, 1711, 5 vol. in-12, v. marbr.

177. Le Roman bourgeois, ouvrage comique par Antoine Furetière, nouvelle édition avec des notes historiques et littéraires par M. Edouard Fournier. *Paris, P. Jannet*, 1854, in-12, cart. n. rog.

178. Le Roman comique, par Scarron. *Paris, de l'impr. de Didot jeune, l'an IV*, portrait, v. vert, fil.

179. OEuvres choisies de le Sage. *A Amsterdam et se trouve à Paris*, 1783, 15 vol. in-8, fig. de Marillier, demi-rel. bas. tr. marbr.

Le Diable boiteux. — Histoire de Gil-Blas. — Aventures de Beauchêne. — Guzman d'Alfarache. — Bachelier de Salamanque. — Roland l'Amoureux. — Histoire d'Estevanille. — Théâtre-Français et Théâtre de la Foire.

180. L'Enfant trouvé, ou Histoire de Tom Jones. *Londres*, 1783, 5 vol. pet. in-16, maroq. rouge fil. tr. dor. (*Anc. rel.*)

181. Athenæi deipnosophistarum libri, gr. et lat., ed. Schweighæuser. *Argentorati*, 1801, 14 vol. in-8, demi-rel. vél. n. rog.

182. Banquet des savants, par Athénée, traduit par M. Lefebvre de Villebrune. *A Paris, de l'impr. de Monsieur*, 1789-91, 5 vol. in-4, br. n. rog.

183. Lycée, ou Cours de littérature ancienne et moderne, par J.-F. la Harpe. *Paris, de l'impr. de Crapelet, et chez Lefèvre, libr.*, 1816, 15 vol. gr. in-8, cart. n. rog.

184. Cours de littérature française, par M. Villemain. *Paris, Didier*, 1840, 6 vol. in-8, br.

185. Examen critique des plus célèbres écrivains de la Grèce, par Denys d'Halicarnasse, tr. par Gros. *Paris, Brunot-Labbe*, 1826, 3 vol. in-8, br.

186. Jugement des savants sur les principaux ouvrages des auteurs, par Adrien Baillet, revus, corrigés et augmentés par M. de la Monnoye. *Paris*, 1722-30, 8 vol. in-4, portrait, veau marbr. fil. tr. rouge.

187. Le Livre des proverbes français, par Le Roux de Lincy, précédé d'un Essai sur la philosophie de Sancho Pança, par Ferd. Denis. *Paris, Paulin*, 1842, 2 tom. en 1 vol. in-12, demi-rel. chagr. citron n. rog.

188. Anecdota græca, ed. Boissonade. *Parisiis*, 1829, 4 vol. in-8, demi-rel.
Manque le tome V.

189. Mélanges de philosophie, d'histoire et de littérature, par M. Ch.-M. de Féletz. *Paris, Grimbert*, 1828-30, 6 vol. in-8, cart. n. rog.

190. Monuments littéraires de l'Inde, ou Mélanges de littérature sanscrite, contenant une exposition rapide de cette littérature, par A. Langlois. *Paris, chez Lefèvre*, 1827, in-8, demi-rel. bas.

191. Luciani Opera, gr. et lat., edidit Lehmann. *Lipsiæ*, 1822, 9 vol. in-8, br.

192. OEuvres de Lucien (trad. par Belin de Ballu). *Paris, Bastien*, 1788, 6 vol. in-8, demi-rel. mar. n. rog.

193. Plutarchi Opera, gr., edidit Hutten. *Tubingæ*, 1791, 14 t. en 7 vol. in-8, reliés.

194. Les OEuvres de Plutarque, traduites du grec par Jacques Amyot, grand aumônier de France. *A Paris, chez J.-Bapt. Cussac*, 1783, 22 vol. in-8, front. gr. v. marbr.

195. Dan. Wyttenbachii Animadversiones in Plutarchi Opera moralia. *Lipsiæ*, 1820, 2 vol. in-8, cart.

196. OEuvres complètes de Cicéron, trad. par V. Le Clerc. *Paris*, 1827, 35 t. en 36 vol. in-18, br.

197. Ciceronis Onomasticon et scholiastæ, edidit Orelli. *Turici*, 1836, 5 vol. in-8, br.

198. OEuvres de Blaise Pascal. *A la Haye, chez Detune*, 1779, 5 vol. in-8, port. gr. v. porph. tr. marbr.

199. OEuvres complètes de Voltaire. *Paris, Renouard*, 1819-22, 66 vol. in-8, br.

200. OEuvres complètes de J.-J. Rousseau. *Paris, Baudouin*, 1826, 26 vol. in-8, br.

201. OEuvres complètes de Pierre-Augustin Caron de Beaumarchais. *Paris, Léopold Colin*, 1806, 7 vol. in-8, portr. demi-rel. bas. fig. au trait.

202. OEuvres de Jacques-Henri Bernardin de Saint-Pierre, mises en ordre par L. Aimé-Martin. *A Paris, chez Lefèvre et F. Didot fr.*, 1836, 2 vol. gr. in-8, br. non rog. portr. et fig.

203. OEuvres complètes de Jacques-Henri Bernardin de Saint-Pierre, mises en ordre et précédées de la vie de l'auteur par L. Aimé-Martin. *Paris, chez Méquignon-Marvis*, 12 vol. in-8, portr. cart. non rog.

204. OEuvres complètes de Fréret, édition augmentée de plusieurs ouvrages inédits et rédigée par feu M. de Septchênes. *A Paris, Dandré*, an IV (1796), 20 tomes en 10 vol. in-12, cart. non rog.

205. Chénier (M.-J. de). OEuvres : Observations critiques sur l'ouvrage intitulé : le Génie du christianisme. *Paris, Maradan*, 1817. — Tableau historique de la littérature française. *Paris, Maradan*, 1817. — Fragments du Cours de littérature. *Paris, Maradan*, 1818. — Poésies diverses. *Paris, Maradan*, 1818. — OEuvres diverses et inédites. *Bruxelles*, 1816. Ens. 5 vol. in-8, demi-rel. v. f. tr. marbr. portr.

206. OEuvres de Volney. *Paris, F. Didot*, 1837, gr. in-8, demi-rel.

207. OEuvres complètes du vicomte de Chateaubriand. *Paris, Lefèvre et Ladvocat*, 1830, 20 vol. in-8, pap. vél. br.

208. OEuvres complètes de P.-L. Courier, précédées d'un Essai sur la vie et les écrits de l'auteur, par Arm. Carrel. *Paris, Paulin et Perrotin*, 1834, 4 vol. in-8, br. portr.

209. OEuvres de M. le comte Xavier de Maistre. *Paris, Dondey-Dupré*, 1825, 3 vol. pet. in-12, demi-rel. maroq. rouge, tr. jasp.

210. OEuvres de Victor Hugo. Poésies, 6 vol. — Le Rhin, 3 vol. — Littérature et philosophie mêlées, 1 vol. — Romans, 4 vol. — Drames, 4 vol. — *Paris, Alex. Houssiaux*, 1857, 18 vol. in-8, br. en bon état.

211. Bibliotheca græca, edidit Coray. *Parisiis, Eberart*, 1820, 14 vol. in-8, demi-rel.

Prodromus. — Héliodore. — Isocrate. — Strabon, etc.

212. Sylloge poetarum græcorum, ed. Boissonade. *Parisiis, Lefevre*, 1825, 8 vol. in-18, br.

213. Scriptorum græcorum Bibliotheca. *Parisiis, Didot*, 1848-70, 32 vol. gr. in-8, rel. et br.

Plutarque, 5 vol. — Fragmenta historicorum græcorum, 3 vol. — Oratores attici, 2 vol. en trois part. — Lucien, un tome en deux part. — Démosthène, deux part. — Philostrate, 1 vol. — Nonnus, 1 vol. — Diogène Laerce, 1 vol. — Xénophon, 1 vol. — Theophrasti Characteres, 1 vol. — Erotici scriptores, 1 vol. — Thucydide, 1 vol. — Bucolici gr., un tome en deux part. — Scholia in Theocritum, 1 vol. — S. J. Chrysostomus, 1 vol. — Homeri carmina, 1 vol. — Hésiode, 1 vol. — Euripide, 1 vol. — Aristophane, 1 vol. — Eschyle, un tom. en 2 vol. — Euripidis fragmenta, 1 vol. — Flavius Josèphe, 1 vol. — Scholia in Aristophanem, 1 vol. — Arrien, 1 vol. — Polybe, 1 vol.

214. Collection d'éditions savantes : Euripide, Sophocle, Virgile. *Paris, Hachette,* 1868, 5 vol. in-8, broché.

215. Scriptores latini principes, ed. Amar. *Parisiis, Lefèvre,* 1822, 15 vol. in-18, br. et rel.

216. Bibliotheca classica latina, ed. Lemaire. *Parisiis,* 1828, 64 vol. in-8, br. et rel.

217. De la Bibliothèque latine-française, publiée par Panckoucke : Apulée, Quintilien, Salluste, César, etc. 17 vol. in-8, br.

218. Bibliothèque des classiques latins : Pline, 2 vol. — Lucrèce. — Comédies de Térence. — Théâtre de Plaute, 4 vol. — Tacite de Brottier, 3 vol. *Paris, Lefèvre et Garnier,* 1845-46, 11 vol. in-12, br. n. rog., en bon état.

219. Bibliothèque Charpentier et Lefèvre, collection d'auteurs classiques. *Paris, Charpentier et Lefèvre,* 1840-65, 36 vol. in-12, br. en bon état.

Gœthe : Mémoires. — Le Faust de Gœthe. — Rabelais. — Les OEuvres d'Horace. — L'Odyssée d'Homère. — Aristophane. — Sophocle. — Théâtre d'Eschyle. — Lucien. — Comédies de Térence. — Romans grecs. — La Messiade. — Les Luciades. — Corinne de Mme de Staël. — Picciola. — Galerie de Portraits de A. Houssaye. — A. de Musset. Premières Poésies. — Raphaël, par Lamartine. — Études sur l'Espagne, par A. de la Tour. — La Chanson de Roland. — Poésies de Millevoye, etc.

HISTOIRE.

—

220. Strabonis Rerum geographicarum libri XVII, gr. et lat. *Lipsiæ*, 1796, 7 vol. in-8, demi-rel.

221. Géographie de Strabon, traduite du grec en français. *A Paris, Impr. impériale et royale*, 1805-19, 5 vol. in-4, br. et cart. n. rog.

222. Géographie physique, historique et militaire, par Théophile Lavallée. *Metz, Roussel jeune*, 1858, gr. in-8, br. n. rog. fig. sur acier.

223. Atlas universel de géographie ancienne et moderne, par Lapie. *Paris*, 1829, in-fol. demi-reliure.

224. Atlas de géographie militaire, par Lavallée. *Paris, Furne*, 1858, in-fol. demi-rel.

225. Atlas national illustré des 86 départements et des possessions de la France, dressé par V. Levasseur, gravé sur acier par les meilleurs artistes. *Paris, A. Combette*, 1852, pet. in-fol., demi-rel. chagr. vert, tr. jasp.

226. Cartes géographiques de l'Italie, 25 cartes en 1 vol. in-fol., mar. r. (*Armoiries.*)

227. Voyage de la Grèce, par F.-C.-H.-L. Poucqueville. *Paris, F. Didot*, 1826-27, 6 vol. in-8, fig. et cart. demi-rel. chagr. brun, tr. marbr.

Exemplaire de L. Ricroc, commissaire des guerres.

228. Voyage pittoresque et historique de l'Espagne, par Alexandre de Laborde et une société de gens de lettres et d'artistes de Madrid. *Paris, impr. de P. Didot l'aîné*, 1806-20, 4 tomes en 2 forts vol. in-fol. pap. vél. nombr. planches, demi-rel. bas. rouge, tr. jasp.

229. Choix des historiens grecs avec notices biographiques : Hérodote. — Ctésias. — Arrien, avec une carte des expéditions d'Alexandre. *Paris*, *Aug. Desrez*, 1838, gr. in-8, br. n. rog.

230. Herodoti Historiarum libri IX, gr. et lat., ed. Schweighæuser. *Argentorati*, 1816, 7 vol. in-8, cartonné.

231. Herodoti Musæ, ed. Bæhr. *Lipsiæ*, 1830, 4 vol. in-8, pap. vélin, demi-rel. maroq. et atlas in-folio.

232. Histoire d'Hérodote, trad. du grec. *Paris*, 1802, 9 vol. in-8, pap. vél. v. fil. tr. dor.

Prix du concours général.

233. Thucydidis de bello Peloponnesiaco libri, curante Morstadtio. *Francof.*, 1832, 4 vol. in-8, demi-rel.

234. Histoire de la guerre du Péloponnèse, par Thucydide, traduction française par Ambroise-Firm. Didot. *Paris, F. Didot*, 1833, 4 vol. in-8, demi-rel. bas. tr. marbr.

235. Lexicon Thucydideum, confecit Betant. *Genevæ*, 1843, 2 vol. in-8, br.

236. OEuvres complètes de Thucydide et de Xénophon, avec notices biographiques par J.-A.-C. Buchon. *Paris, Aug. Desrez*, 1837, gr. in-8, br. non rog.

237. Pausanias. Græciæ Descriptio, gr., ed. Facius. *Lipsiæ*, 1794, 4 vol. in-8, demi-rel. mar.

238. Pausaniæ Græciæ Descriptio, ed. Siebelis. *Lipsiæ*, 1822, 5 vol. in-8, demi-rel.

239. Pausanias. Description de la Grèce, traduction nouvelle par Clavier. *Paris*, 1814, 6 vol. in-8, brochés.

240. Bibliothèque historique de Diodore de Sicile, traduction par Miot. *Paris*, 1834, 7 vol. in-8, demi-rel.

Exemplaire de Boissonade.

241. Bibliothèque d'Apollodore, trad. par Clavier. *Paris*, 1805, 2 vol. in-8, demi-rel.

242. Dictionnaire de la Fable, par Fr. Noël. *Paris, Lenormant*, 1810, 2 vol. in-8, front. gr. v. f. tr. marbr. (*Thouvenin.*)

243. Antiquités grecques, trad. de Robinson. *Paris*, 1822, 2 vol. in-8, demi-rel.

244. Dictionnaire des antiquités romaines et grecques, accompagné de 2,000 gravures d'après l'antique, par Anthony Rich, traduit de l'anglais sous la direction de M. Chéruel. *Paris, F. Didot*, 1859, pet. in-8, br. n. rog.

245. Histoire de l'origine des progrès et de la décadence des sciences dans la Grèce, traduite de l'allemand de Christophe Meiners par J.-Ch. Laveaux. *A Paris, an VII*, 5 vol. in-8, bas. tr. jasp.

246. Titi Livii. Historiarum libri. *Lugd. Bat., ex off. Elzeviriana*, 1634, 3 vol. pet. in-12, mar. v. (*Anc. rel.*)

247. Titi Livii Historiarum libri, ed. Ruperti. *Gottingæ*, 1807, 6 vol. pet. in-8, demi-rel. vél.

248. T. Livii Patavini Historiarum libri, curante Drakenborch. *Stuttgardiæ*, 1824, 15 tomes en 17 vol. in-8, cart. n. rog.

249. OEuvres de Tite-Live avec la traduction en français, publiées sous la direction de M. Nisard. *Paris, J.-J. Dubochet, Lechevalier et C*ie, 1850, 2 vol. gr. in-8, br. n. rog.

250. Dionysii Halicarnassensis Opera omnia, gr. et lat., ed. Reiske. *Lipsiæ*, 1774, 6 vol. in-8, demi-rel.

251. Les Antiquités romaines de Denys d'Halicarnasse, trad. en français par Bellanger. *Paris, Volland*, 1807, 6 vol. in-8, demi-rel.

252. Appiani Romanarum historiarum quæ supersunt, gr. et lat., ed. Schweighæuser. *Lipsiæ,* 1785, 3 t. en 6 vol. in-8, demi-rel. v. ant.

253. Histoire des guerres civiles de la république romaine, trad. d'Appien par Combes-Daunous. *Paris,* 1808, 3 vol. in-8, demi-rel.

254. Cornelii Nepotis Vitæ excellentium imperatorum. *Parisiis, Ant. Aug. Renouard,* 1796, 2 vol. in-12, vél. blanc, plats, dent. tr. dor.

Exemplaire sur papier rose.

255. Cæsaris quæ extant. *Londini, Brindley,* 1744, 2 vol. in-16, mar. v. fil. tr. dor.

256. Sallustii quæ exstant, edidit Gerlach. *Basileæ,* 1827, 3 vol. in-4, br.

257. Sallustii Historiarum reliquiæ, recensuit Gerlach. *Basileæ,* 1852, in-8, br.

258. Histoire de la république romaine dans le cours du vii° siècle, par Salluste (trad. par de Brosses.) *Dijon, chez L.-N. Frantin,* 1777, 3 vol. in-4, portr. et fig. veau porph. tr. marbr.

259. OEuvres de Salluste, traduction nouvelle, par Dureau de Lamalle. *Paris, chez Michaud fr.,* 1811, in-8, v. f. tr. marb.

260. Taciti quæ supersunt, ed. Orelli. *Turici,* 1848, 2 vol. gr. in-8, brochés.

261. Lexicon Taciteum, scripsit Bœtticher. *Berolini,* 1830, in-8, cart. n. rogn.

262. Tacite, traduction nouvelle, avec le texte latin en regard, par Dureau de Lamalle. *Paris, G. Michaud,* 1818, 6 vol. in-8, demi-rel. v. ant.

263. OEuvres complètes de Tacite, traduction nouvelle, avec le texte en regard, des variantes et des notes par J.-L. Burnouf. *Paris, L. Hachette,* 1830-31, 6 vol. in-8, demi-rel. bas. tr. marb.

264. Histoire romaine de Dion Cassius, traduite en français avec des notes critiques historiques et le texte en regard, par Gros et Boissée. *Paris, Firm. Didot*, 1845-55, 4 vol. gr. in-8, br. n. rog.

265. Polybii Historiæ, gr. et lat., ed. Schweighæuser. *Lipsiæ*, 1789, 8 t. en 9 vol. in-8, demi-rel.

Exemplaire de Boissonade.

266. Histoire de Polybe, nouvellement traduite du grec par dom Vincent Thuillier, bénédictin de la congrégation de Saint-Maur, avec un commentaire ou un corps de science militaire, où toutes les grandes parties de la guerre sont expliquées, par M. de Folard, mestre-de-camp d'infanterie. *Amsterdam*, 1729-30, 6 vol. in-4, v. marbr. nombr. planches.

267. Ammien Marcellin, trad. en français (par de Moulines). *Berlin*, 1775, 3 vol. in-12, demi-rel. n. rog.

268. Antiquités romaines, ou Tableau des mœurs, usages et institutions des Romains. *Paris, Verdière*, 1826, 2 vol. in-12, demi-rel. v. vert.

269. Histoire de la république romaine, par Michelet. *Paris, L. Hachette*, 1821, 2 vol. in-8, br.

270. Rome au siècle d'Auguste, ou Voyage d'un Gaulois à Rome à l'époque du règne d'Auguste et pendant une partie du règne de Tibère, précédé d'une Description de Rome aux époques d'Auguste et de Tibère, par Ch. Dezobry. *Paris*, 1846, 4 vol. in-8, br. et atlas, fig. sur acier.

271. Tableau des révolutions du système politique de l'Europe, depuis la fin du xv° siècle, par Frédéric Ancillon. *Paris, Ancelin et Pochard*, 1823, 4 vol. in-8, br.

272. La France illustrée, géographie, histoire, administration et statistique, par V.-A. Malte-Brun.

Paris, Gustave Barba, 2 vol. et atlas in-4, cart. tr. jasp.

273. Histoire de la civilisation en France depuis la chute de l'empire romain, par M. Guizot. *Paris, Didier*, 1840, 4 vol. — Histoire de la civilisation en Europe. *Paris, Didier*, 1840, 1 vol. — Ens. 5 vol. in-8, br. n. rog.

274. Histoire de la révolution française, par M. A. Thiers. *Paris, Furne et C*[ie], 1838, 10 vol. in-8, br. figures gravées.

275. Histoire de la révolution, depuis 1789 jusqu'en 1814, par F.-A. Mignet. *Paris, Firm. Didot fr.*, 1836, 2 vol. in-8, cart. figures gravées.

276. Histoire de Napoléon, par M. de Norvins. *Paris, Ambr. Dupont*, 1828-29, 4 vol. in-8, portr. fig. et cartes, demi-rel. v. viol. tr. jasp.

277. Histoire des ducs de Bourgogne de la maison de Valois, par M. de Barante, avec des remarques par le baron de Reiffenberg. *Bruxelles, J.-P. Méline*, 1835-36, 10 vol. et atlas in-8, demi-rel. maroq. rouge, tr. jasp.

278. Histoire de la Normandie sous Guillaume le Conquérant et de ses successeurs, depuis la conquête de l'Angleterre jusqu'à la réunion de la Normandie au royaume de France, par G.-B. Depping. *Rouen, Ed. Frère*, 1835, 2 vol. in-8, demi-rel. bas. tr. marb.

279. Le Département de la Meurthe, statistique historique et administrative, par Henri Lepage. *Nancy*, 1843, 2 vol. in-8, carte, demi-rel. chagr. vert, tr. jasp.

280. Histoire de la conquête de l'Angleterre par les Normands, par Aug. Thierry. *Paris, Just Teissier*, 1836, 4 vol. in-8, demi-rel. v. bleu, tr. marbr.

281. Histoire des républiques italiennes du moyen âge, par J.-C.-L. Simonde de Sismondi. *A Zu-

rich, chez Henry Gessner, 1807-18, 16 vol. in-8,
demi-rel. bas.

282. Histoire de la littérature grecque profane, par
Schœll. *Paris, Gide*, 1823, 8 vol. in-8, demi-rel.

283. Histoire abrégée de la littérature romaine, par
L. Schœll. *Paris, Gide*, 1815, 4 vol. — Histoire
abrégée de la littérature grecque sacrée et ecclé-
siastique. *Paris, Gide*, 1832. Ens. 5 vol. in-8,
demi-rel. v. ant.

284. Feller. Biographie universelle. *Paris*, 1833,
12 vol. in-8, br.

285. Nouvelle Biographie universelle. *Paris, Didot*,
1852, tomes I à XXII, in-8, br.

286. Vitarum Scriptores græci minores, ed. Wester-
mann. *Brunsw.*, 1845, in-8, demi-rel. v. f.

287. Dictionnaire bibliographique, ou Nouveau
Manuel du libraire et de l'amateur de livres, par
M. P***. *Paris, Ponthieu*, 1824, 2 vol. in-8, demi-
rel.

288. Encyclopédie moderne. *Paris, Didot*, 1846-
1851, 27 vol. in-8 br. et 27 livraisons de planches. — Complément de l'Encyclopédie moderne,
1856-62. 12 vol. in-8, br., et 12 livr. de planches.

Il manque le tome XXI de la première partie.

N. B. — A la fin de la vacation, il sera vendu
environ 400 volumes reliés et brochés.

FIN.

ORDRE DES VACATIONS.

—

PREMIÈRE VACATION. — *Mercredi* 21 *octobre* 1874.

Nᵒˢ 1 à 140

220 à 288

DEUXIÈME VACATION. — *Jeudi* 22 *octobre*.

141 à 219

LIVRES EN LOTS.

———

CONDITIONS DE LA VENTE.

La vente se fera au comptant, 5 % en sus des enchères.

Il y aura, chaque jour de vente, de DEUX heures à QUATRE, exposition des livres composant la vacation du soir.

Les réclamations devront être faites, au plus tard, dans les vingt-quatre heures qui suivront la dernière vacation. Passé ce délai, les articles adjugés ne seront repris pour aucune cause.

———

Paris. — Typographie Georges Chamerot, rue des Saints-Pères, 19.

RED. :

19

MIRE ISO N° 1
NF Z 43-007
AFNOR
Cedex 7 · 92080 PARIS-LA-DÉFENS ::

graphicom

0 1 2 3 4 5 6 7 8 9 10